Dom

MW01709372

ANDARA

Catalogage avant publication de Bibliothèque et Archives nationales du Québec et Bibliothèque et Archives Canada

Loppinot, Dominique de, 1979-

Bacon Latranche, détective grillé
(Mini big)
Pour enfants de 7 ans et plus.

ISBN 978-2-89746-057-0

I. Petit, Richard, 1958- . II. Tremblay, Danielle, 1961- .
III. Titre.

PS8613.U494C62 2017 jC843'.6 C2017-940473-3
PS9613.U494C62 2017

3e impression : mars 2018
© 2017 Andara éditeur inc.

Tous droits réservés. Aucune partie de ce livre ne peut être copiée ou reproduite sous quelque forme que ce soit sans l'autorisation écrite de Copibec.

Texte : **Dominique de Loppinot**
Illustration de la couverture : **Richard Petit**
Illustrations des pages intérieures : **Danielle Tremblay**
Graphisme : **Mika**

Dépôt légal : Bibliothèque et Archives nationales du Québec, 4e trimestre 2017

ISBN 978-2-89746-057-0

Imprimé au Canada

Gouvernement du Québec – Programme de crédit d'impôt pour l'édition de livres – Gestion SODEC
Andara éditeur remercie la SODEC pour l'aide accordée à son programme éditorial.

Financé par le gouvernement du Canada | Canada

info@andara.ca • www.andara.ca

FSC www.fsc.org MIXTE Papier issu de sources responsables FSC® C103567

Pour Nancy Bélanger,
extraordinaire enseignante
de première année à l'école
Saint-Mathieu de Beloeil.
Merci pour tout !

Chapitre 1

Faim, pas faim…

Il y a une dizaine d'années, dans une petite ville éloignée…

Le petit garçon **n'a pas le choix**. Il doit tout manger. Son père compte sur lui. Il est la relève de la famille.

KETCHUP

C'est lui, le prochain
champion
toutes catégories.
Il doit faire des efforts.
On lui a dit et
répété mille fois :
« L'estomac est
comme un muscle,
il faut l'entraîner. »
Son père l'a fait
avant lui.

Son grand-père et son arrière-grand-père aussi. Ils ont tous remporté le **Gobewineur**, ce fameux concours international de mangeurs de hot-dogs. C'est une tradition dans la famille. Ils ont battu

TOUS les records. Tous les trois ont réussi à engloutir plus de **65 hot-dogs en 10 minutes !**

Bientôt, ce sera au tour de Jay d'aller chercher le titre

du plus GRAND MANGEUR de hot-dogs du monde.

C'est ce que son père désire fortement. Dès qu'il sera grand, il pourra compétitionner. Pour le moment, il ne fait que **s'entraîner.** Des saucisses, des pains : il doit en manger, même s'il n'a plus faim. Sans parler de ce ketchup, qui est censé l'aider à avaler... **Pfff...** Dégoûté, le garçon regarde son assiette. La vue de la garniture rouge lui lève le cœur.

— Allez, mon fils ! Tu peux le faire ! **Mange, mange, mange...**

— Mais... C'est que..., hésite le petit Jay.

— Faim, pas faim,
il faut que tu manges.
Tu en es capable.
Je connais des **TAS**
d'enfants qui en
rêveraient, dit le père
à son fils.

— Eux, peut-être.
Pas moi, répond le
garçon, à voix basse.

Le père encourage l'enfant. Il peut y arriver, il doit le faire. Pas le choix. Devant une montagne de hot-dogs, le petit Jay hésite. Il n'en a pas envie. Il n'en peut plus. Le garçon ne veut pas décevoir son père, mais ces compétitions **RIDICULES** ne l'intéressent pas une miette (de pain !). Il s'énerve. Le visage rouge comme le ketchup, il hurle :

JE N'AIME PAS LES HOT-DOGS ! JE DÉTESTE

LE KETCHUP ! AAARGH !

Après cet incident, Jay a malgré tout continué à s'entraîner. Puis, les années ont passé. Le petit Jay est devenu **GRAND** et il avait un plan :

#&*!
KETCHUP

il ne participerait pas au Gobewineur. Pas comme concurrent, en tout cas. Il allait plutôt trouver une façon de débarrasser le monde de ce condiment **dégoûtant**.

Trois heures du matin, dans l'allée

du milieu, au dépanneur Ducoin…

Le commerce, contrairement à d'autres, est fermé la nuit. Le commis qui y travaille en soirée quitte à minuit. Le propriétaire reviendra seulement au petit matin.

Personne ne se doute de ce qui s'y passe derrière les portes fermées…

— Est-ce qu'elles dorment ?

— Oui, à bouchons fermés.

— En es-tu certaine ?

— Oui. Regarde : quand on appuie sur leur ventre, **elles ne RÉAGISSENT MÊME PAS !**

— Parfait. Je m'occupe de ces bouteilles et toi, de celles-ci.

Dépêchons-nous, avant que les fruits nous aperçoivent. Je ne voudrais surtout pas avoir de pépins.

— Faisons attention aux produits réfrigérés. Les œufs sont de vraies commères… Avec eux, ça passe ou ça casse… S'ils nous voient, c'est la **fin !**

— Parlant de voir, est-ce que les caméras ont été éteintes ?

— Jay a préféré brouiller les lentilles. Comme dans les films !

Dépanneur
DuCoin

Les deux silhouettes s'exécutent, ciseaux en mains. En moins de deux, toutes les bouteilles ont été dépouillées d'un précieux détail. Sans celui-ci, **plus rien n'est pareil**. Le condiment tant aimé des enfants

sera enfin laissé
de côté. C'est
ÉVIDEMMENT
le **BUT** recherché
par nos deux
personnages masqués...
Conscients que
le dépanneur va
bientôt ouvrir,
les deux criminels
prennent la fuite,

satisfaits. Ce n'est qu'une question de temps avant qu'ils puissent crier : **« MISSION ACCOMPLIE ! »**

— As-tu laissé un message, **au moins ?**

— Oui :

« Cher Monsieur Dubord,
nous faisons ça pour
notre bien. Merci de ne
pas en faire de cas...
Même si nous avons
enlevé tous les K.
Signé :
La bande du RCO. »

— Haha ! C'est ce que tu as écrit ?

— Quelque chose comme ça ! Hé ! Hé ! À nous les **K**. Qui voudrait du Etchup ? Personne. Notre tour est enfin venu !

Vive le RCO !

— Vive les condiments oubliés ! Vive... **NOUS !**

Sept heures du matin, dans une poêle à griller, dans le même quartier…

— Détective Latranche ! Réveillez-vous ! Vite !

— Hein ? Quoi ? C'est déjà l'heure de me tourner ?

répond le détective, allongé dans sa poêle préférée. Ma mère m'a toujours dit de bien griller les deux côtés...

— L'heure de vous tourner ? **Non !** répond Phil Lafilière. C'est l'heure de vous réveiller ! C'est urgent !

— Me réveiller ? Déjà ? **Pfff...** La dernière enquête m'a brûlé. J'ai besoin de repos.

— Ce sera pour plus tard. La ville a besoin de vous. Le monde compte sur vous ! **Allez !**

HOP!

— Peut-on manger quelque chose avant de partir ? J'ai faim !

— Faim, pas faim, le devoir nous appelle ! De toute façon, comme on dit : « Qui enquête dîne... »

— Ce n'est pas plutôt **« Qui dort dîne »** ?

demande Bacon Latranche. Si c'est ça, je retourne au lit ! ajoute-t-il en rigolant.

Avant de se diriger vers le lieu du crime, l'associé résume la situation au détective encore endormi. Un appel

a été fait sur la
ligne d'urgence
du bureau.
Un cambriolage
a été commis au
dépanneur Ducoin.
En fait, cambriolage
n'est pas le mot exact,
car rien n'a été volé.
Ici, on parle plutôt
de sabotage.

Toutes les lettres K des bouteilles de ketchup ont été DÉCOUPÉES !

— Tu me dis que le crime a eu lieu au dépanneur du coin, dit Latranche en bâillant. Le dépanneur de quel coin, exactement ?

— Au dépanneur **Ducoin**, répond Lafilière.

— Ça, j'ai compris, mais... lequel ?

— **Ducoin**. C'est son nom.

— J'abandonne. L'adresse me suffira. Le GPS nous y

mènera, fait savoir Latranche, en pointant sa montre intelligente.

— **Wow ! Une Pickle Watch ?** Je ne savais pas que vous l’aviez achetée, dit l’associé, impressionné.

— Heureusement, d'ailleurs ! Tu ne sais même pas dans quel coin on doit se rendre. Quel associé…

— Je vous l'ai dit ! **DUCOIN**… C'est le nom du dépan... Ah, laissez tomber.

Misère…,

se décourage Lafilière.

En route vers le dépanneur, Bacon Latranche se demande si son associé et lui seront bien accueillis. Les aliments vivants et les humains ne font pas toujours

bon ménage.
Certaines personnes ont de la difficulté à croire que des choses puissent **prendre vie**.
« S'ils nous ont appelés, c'est qu'ils doivent savoir à qui ils auront affaire… », réfléchit le détective.

Chapitre 2

Tête de cochon et tranche de bacon

Bacon Latranche
et son associé
entrent dans
le petit commerce,
situé au coin des rues
Tilante et Minante.
Ils aperçoivent tout
de suite un homme
qui semble **inquiet**.
Il porte un chandail
avec l'imprimé

Dépanneur
DuCoin
le meilleur
du coin
Dépanneur

« DÉPANNEUR DUCOIN, LE MEILLEUR DU COIN ».
Celui-ci discute avec une femme à l'air sévère, vêtue également d'un chandail du commerce.

— Ce doit être l'homme qui a téléphoné. Le dépanneur Ducoin lui appartient. Son nom est… monsieur Dubord, affirme Phil en feuilletant ses documents.

— Du bord ?

De quel bord ?

Il te l'a dit ? Gauche, droit ? Il faudrait le savoir. Nous devons enquêter… Et si nous n'allons pas du bon côté ? s'inquiète Latranche.

— Allons à gauche, alors ! Il ne faudrait pas les déranger…, propose Phil en pointant la machine de slush colorée. Ça tombe bien, j'ai soif…

— **AH NON !** Pas de boisson glacée pour toi. Pas pendant qu'on travaille. La dernière fois,

tu as taché
un **DOCUMENT IMPORTANT**.

— D'accord, répond Lafilière, boudeur. Mais...

— Il n'y a pas de **« mais »**. J'aimerais te rappeler

la fois où tu t'es glacé le cerveau, précise le détective.

Lafilière sait que Bacon a raison. Mais il est gourmand. C'est plus **FORT** que lui. Il se promet donc de s'offrir une slush une fois l'enquête terminée. Latranche ne pourra pas dire non, surtout s'ils arrivent à résoudre cette nouvelle affaire.

Le duo attend discrètement que le couple termine sa conversation. Bacon Latranche remarque que la femme n'est pas enchantée de leur visite. Elle les pointe du doigt et prononce même le mot…

IMPOSTEURS !

Le détective n'en croit pas ses oreilles. Qui pourrait douter d'une tranche

Dépanneur
Ducoin
le meilleur
du coin
Dépanneur
Ducoin
le meilleur
du coin

de bacon ?

Tout le monde

aime le bacon…

— Bonjour ! Merci d'être venus si rapidement. Voici ma femme, Théa Côté-Dubord. C'est elle qui a constaté les dégâts ce matin.

Elle vous montrera l'endroit où le crime a été commis.

— C'est parfait. Mais avant, dites-moi, y a-t-il des caméras de sécurité ? demande Phil Lafilière en regardant aux quatre coins du local.

— Oui, bien sûr. J'allais justement vérifier si elles ont pu capter quelque chose. Je vous tiendrai informés, annonce l'homme. Ma chérie, tu accompagnes ces messieurs, s'il te plaît ?

— **Pfff...** De vrais détectives sauraient tout de suite où aller ! Suivez-moi, alors..., soupire bruyamment la femme avant de tourner les talons.

Bacon Latranche regarde son partenaire, ahuri. Madame Côté-Dubord

ne semble pas
les apprécier, sans
même les connaître.
Il se demande quelle
mouche l'a piquée.
Le détective décide
plutôt de suivre
le propriétaire
du dépanneur,
entraînant avec lui
son associé. Il veut

des explications. Enquêter dans une telle atmosphère risque d'être compliqué.

— Excusez-moi. Votre femme... A-t-elle un **PROBLÈME ?**

— Vous avez remarqué..., déclare l'homme.

— Difficile de faire autrement. Pouvez-vous m'expliquer ?

— Elle… **DÉTESTE LE BACON**. La chemise bourrée de documents qui vous accompagne, ça passe. Mais vous... Elle ne voulait **pas**

que je fasse appel
à vos services.

— Je ne comprends pas. Je suis le détective Bacon Latranche, **pas un SIMPLE morceau de lard !**

— Je sais. Mais, ma femme a une tête de **cochon**. Quand elle a une idée en tête, **IMPOSSIBLE** de la lui enlever, se désole l'homme.

— Tête de cochon, tranche de bacon…

Vous avez au moins un point en commun, non ? plaisante Phil.

— Je ne vois pas le lien, affirme le détective.

— Le **bacon**… le **cochon**…, c'est évident, non ? Latranche, dois-je

vraiment vous expliquer ? Vous êtes **DÉTECTIVE !** Pas un simple policier !

Monsieur Dubord saute sur l'occasion et explique alors que sa femme voulait appeler la police de quartier. Selon elle, seuls de vrais policiers sauront résoudre le mystère. Mais lui souhaitait plutôt engager les véritables experts en crimes alimentaires : **Bacon Latranche** et Phil Lafilière. Ce sont les seuls à détenir cette expertise particulière.

L'homme ajoute
avoir insisté pour
que sa femme
s'occupe du détective
et de son associé.
De cette façon,
elle changerait
peut-être d'idée
à leur sujet, qui sait ?

— Mais… Nous
sommes pourtant

très compétents.
Notre talent est
RECONNU.
Ne regarde-t-elle
pas les nouvelles ?
demande le détective.

— Justement.
Elle a vu la fameuse
vidéo…, explique
monsieur Dubord.

— Quelle vidéo ?
demande Phil,
surpris de ne pas
savoir de quoi
il s'agit.

— Attendez,
je vais vous la montrer,
répond l'homme
en se dirigeant vers
l'arrière-boutique.

Quelques minutes plus tard, monsieur Dubord revient avec son ordinateur portable pour leur présenter la vidéo en question. Les détectives, curieux, visionnent les images **TRÈS attentivement**.

On y voit Bacon Latranche en fâcheuse posture. Il est poursuivi par un chien de garde. L'animal lui renifle le derrière avant de le lécher à qui mieux mieux. Une fois la vidéo terminée,

Latranche secoue
la tête, honteux
et découragé.

— Ce n'est pas ce que
vous croyez, explique
le détective, énervé.

— NON ? Avouez
donc que cet animal
ne faisait pas partie

de vos plans !
lui lance monsieur
Dubord.

— Non… C'était…
Je ne savais pas
qu'il y aurait
un chien. Il m'a vu,
m'a senti, m'a léché,
mais j'ai réussi
à me sauver.
Je n'avais pas vu

les caméras
de sécurité…

— Vous comprenez maintenant pourquoi ma femme pense que vous ne pourrez pas nous aider, poursuit le propriétaire. Elle croit qu'une tranche de bacon n'est bonne qu'à être **mangée !**

— Soyez sans crainte ! Depuis, le détective Latranche m'a à ses côtés. Phil Lafilière, enchanté. Je sais tout, je vois tout, j'entends tout. Me documenter est ma spécialité.

L'homme semble rassuré.

Le détective sait très bien qu'il a de la chance d'avoir maintenant un associé. Lafilière est un **vrai pro** : rien ne lui échappe. Seul, Bacon Latranche avait parfois de la difficulté à résoudre les enquêtes qui lui étaient confiées.

Dépanneur
DuCoin
le meilleur
Du coin

Surtout quand
il croisait un animal
sur son chemin !
Depuis que Phil
travaille avec lui,
il n'y a rien à leur
épreuve. Ce n'est pas
aujourd'hui que les
choses vont changer !

— Je vous laisse
une chance de trouver

qui a charcuté
les étiquettes des
bouteilles de ketchup.
Vous avez vingt-
quatre heures.
Sans quoi, je devrai
appeler la police…
Je lui ai promis.
Sinon, elle m'obligera
à dormir sur
le canapé…,

ajoute le propriétaire en pointant sa femme.

— Ne vous en faites pas : d'ici la fin de la journée, **l'affaire sera KETCHUP !** s'exclame le détective.

— Détective ! **FRANCHEMENT !**

s'écrie Phil,
outré.

— Pardon : l'affaire
sera ETCHUP,
précise Latranche.

Chapitre 3

La revanche

Les deux enquêteurs rejoignent Théa Côté-Dubord, qui les attend en replaçant quelques aliments sur les étalages. Elle les conduit devant une rangée de bouteilles SOIGNEUSEMENT alignées. Les associés sont surpris de les trouver parfaitement placées. Rien ne cloche, sauf leurs étiquettes déchirées. Bacon et Phil se grattent la tête. Tous deux se demandent **QUI** a bien pu découper tous les K, puis s'en aller ni vu ni connu.

Pour quelle raison ?
Debout derrière
eux, la femme
du propriétaire
s'impatiente. Elle tape
du pied et respire
bruyamment.
Tout pour
les déconcentrer !
Le détective sait
COMMENT

se débarrasser d'elle. Aussitôt, il lui demande :

— Pourriez-vous me donner la liste des livraisons des dix dernières années, ainsi que le nom des livreurs ?

— **Pourquoi ?** Savez-vous combien

il y en a eues ?
DES CENTAINES !
se décourage la femme.

— Nous avons besoin d'analyser **toutes** les informations, même si elles peuvent sembler inutiles, lui explique-t-il.

— **Pfff...** De vrais policiers n'auraient pas besoin de tout ça, bougonne-t-elle.

— Si vous pouviez nous donner le nom du dentiste des livreurs aussi…, ajoute Lafilière.

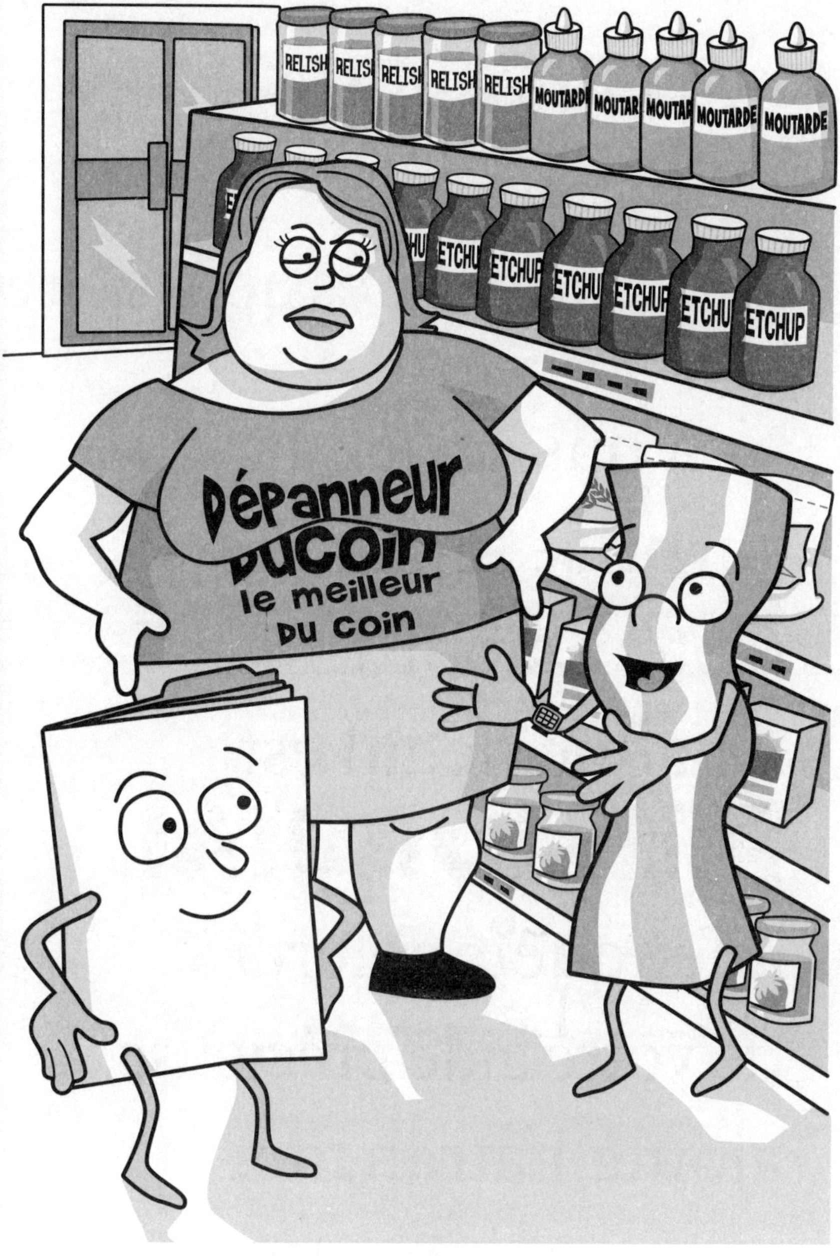
RELISH
MOUTARDE
ETCHUP
Dépanneur
Ducoin
le meilleur
du coin

— Leur dentiste ?
Je ne vois pas
le rapport, messieurs.

— Vous seriez
surprise, madame
Côté-Dubord.
Chaque détail est
PRIMORDIAL
à l'enquête. Merci
de votre aide précieuse,
ajoute Latranche.

— D'ailleurs, voici une liste d'informations dont nous aurons besoin d'ici la fin de la journée, lui dit Lafilière en gribouillant rapidement sur une feuille.

Merci encore !

Informations CRUCIALES pour l'enquête :

- Marque et modèle des camions de livraison
- Couleur préférée des livreurs

- Pointure de souliers des livreurs
- Nom de leur dentiste
- Aliment ou plat préféré
- Gaucher ou droitier?

- Signe astrologique chinois des livreurs (et de leur dentiste)
- Petit surnom

La propriétaire jette un œil à la liste. Elle s'éloigne en se plaignant de la quantité d'informations à trouver. Le détective et son associé se regardent, un sourire en coin, sachant que la femme en aura pour des heures de recherche. Ils sont maintenant libres de travailler sans être

constamment
surveillés.

— Bravo, Phil.
Excellente idée,
cette liste
d'informations
« cruciales »,
le félicite Latranche.

— Il fallait faire
quelque chose :

un peu plus et
elle entrait dans
nos souliers ! Et
je n’aime pas qu’on
doute de nos capacités,
ajoute Lafilière.
C’est ma petite
revanche…

— Bon ! Tu as entendu
le propriétaire

du dépanneur : il faut résoudre cette affaire, sinon, on est cuits ! s'exclame le détective.

— Vous, peut-être. Moi, pas. On ne cuit pas le papier..., explique Phil.

— Tu n'as jamais joué à **Roche**,

PAPIER, ciseaux,
ALLUMETTE, toi…,
ricane Latranche.
L'allumette brûle
le papier…

Au même moment,
non loin de là…
Les criminels,
satisfaits de leur
boulot, contemplent

les quelques dizaines de petits bouts de papier soigneusement découpés.

— Que ferons-nous avec tous ces K ?

— **RIEN !**

— Comment, rien ? On a tout fait ça... pour **RIEN ?**

— Ischhh, la relish !
Tu es vraiment
un **cornichon !**
N'étais-tu pas là
lors de la réunion ?

— J'y étais, mais
je discutais avec
les oignons…,
mentionne
le condiment vert, gêné.

— **Pfff...** Bon, puisqu'il faut tout répéter : c'était **SEULEMENT** une technique pour faire diversion.

— **Dix versions ?** Je croyais qu'on avait seulement une seule version…

— Très drôle, espèce de tapon de cornichon. Tu sais très bien de quoi je parle. Le gros lard et le tas de papier qui lui sert d'associé vont avoir un problème de plus à régler. C'est à jouer de Jay !

— **Hein ?**

— Euh… C'est à Jay de jouer, se reprend le condiment jaune.

Des centaines et des centaines de hot-dogs, empilés sur des plateaux argentés, attendent d'être dévorés. Pas dégustés,

pas savourés :
GOBÉS, ENGLOUTIS.
Quelques bouteilles de ketchup sont déposées à leurs côtés. Le condiment est important pour les concurrents. Bien coulants, les hot-dogs

45e édition du
GOBEWINEUR
ETC
ETCHUP
ETCHUP
TCHUP
ETCHUP
ETCHUP

sont plus faciles à avaler. Les bouteilles sont toujours bien pressées. La sauce rouge est consommée en **GRANDE** quantité. Non loin de là, Jay s'assure que tous les participants ne manquent pas de ce précieux

condiment.
Pas de moutarde ou de relish, surtout. Du **KETCHUP**, c'est tout. Monsieur Dubord, son patron, a accepté de commanditer l'événement. Il fournit la garniture préférée des participants.

Une trentaine
de bouteilles ont été
commandées.
Jay a insisté pour
les livrer. Aujourd'hui,
c'est le grand moment
qu'il attendait depuis
des années :
SA REVANCHE.

— Bonjour et
bienvenue à

cette **45e édition du Gobewineur**, le plus grand concours de mangeurs de hot-dogs du **MONDE ENTIER !** annonce le présentateur au micro.

Les concurrents sont prêts.

Ils attendent le signal pour **s'empiffrer**. Enfin, le décompte commence : **« 10-9-8-7-6-5-4-3-2-1-MANGEZ ! »** Les montagnes de hot-dogs diminuent à vue d'œil. Les mangeurs

les avalent sans
même prendre
le temps de respirer.
Personne ne remarque
la lettre disparue
sur les bouteilles...
Au bout de quelques
minutes, on entend
un cri.

AHHHHHHH !

Puis, un autre.

OUILLLLLLE !

Et, encore un autre.

IIIIIIIIIIIIIIIHHHH !

Certains concurrents se tortillent. D'autres se grattent. Jay assiste à la scène le sourire aux lèvres. Tous ont un point en commun : des boutons. Sauf lui.

— Pourquoi n'a-t-il pas de boutons, celui-là ? demande un des concurrents.

— C'est peut-être lui, le coupable, suggère un autre.

— **EMPOISONNEUR DE HOT-DOGS !**

45e édition du
GOBEWINEUR
ETCHUP
ETCHUP

crie une participante plus loin.

— **Moi ?**

Un empoisonneur ? **Non !** J'ai mangé des hot-dogs, comme vous. Mais... je suis allergique au ketchup.

— Le problème, c'est donc le KETCHUP ! s'exclame un spectateur.

C'est la panique générale. Les bouteilles de ketchup sont pointées du doigt. En moins de deux, les gens quittent les lieux. Le concours est annulé. Couverts de boutons, les concurrents haussent le ton.

Ils sont fâchés.
Que faire dans
cette situation ?

Quand le ketchup
donne des boutons :

TOP 4 des meilleures solutions

1 Appeler
les policiers :

Allô, l'agent de police ? Les gloutons ont plein de boutons... (Hahaha ! se bidonne le policier avant de raccrocher.)

2 Manger pour oublier. (Bonne idée, il reste des hot-dogs. Note : ne pas mettre de ketchup...)

3 Courir sans se retourner.

(Le ventre plein, on court moins bien...)

4 Contacter la seule personne qui se sentira concernée.

(Indice: elle porte un nom d'aliment... Muffin L'Immense? Pouding L'Intense?)

Le responsable
de l'événement pense
appeler les autorités,
mais il laisse tomber.
Les policiers ne
le prendront **pas**
au sérieux. Manger
ne lui semble pas
une bonne idée.
Soudain, il se rappelle
avoir déjà rencontré

un détective spécialisé
en crimes alimentaires.
Ce dernier lui avait
laissé sa carte.
Un tour à son bureau
et **BINGO !**
Carte en main,
il saisit le téléphone
et compose le numéro
de Bacon Latranche,
détective grillé.

BACON LATRANCHE

Détective grillé

Résolution de crimes
alimentaires en tous genres

Vol de sandwichs,
disparition de bonbons,
gaspillage de glaçage, etc.

« Alimentaire, mon cher Lafilière... »

Chapitre 4

Quand TOUT a commencé…

Quelques jours avant le crime… Jay Rienfait achève son quart de travail. Il a fait tout ce qu'on lui avait demandé. Il a même placé les tablettes de chocolat par ordre alphabétique.

Alors qu'il s'apprête
à quitter le commerce,
un bruit retentit.
Le jeune homme,
curieux, fait le tour
du dépanneur.
Il remarque que
l'étalage de condiments
est en **désordre**.
**« Tout était pourtant
bien rangé »**, songe-t-il.

Son regard s'arrête sur les bouteilles de ketchup. Comme il les **déteste !** Il aimerait tant que cet horrible condiment disparaisse à tout jamais... Il a bien essayé de convaincre son patron de ne plus en vendre, sans que cela réussisse. Monsieur Dubord insiste pour en offrir. Selon lui, un bon dépanneur a un peu de tout sur ses présentoirs. Le pire, c'est qu'il y a des dizaines de bouteilles de l'affreuse garniture rouge

qui se vendent
chaque semaine !
Une vraie mine d'or !

Sauf que, du ketchup,
le jeune homme ne
peut plus en voir.
Il en a **trop** mangé
lorsqu'il était enfant.
Chaque fois que ses
yeux se posent sur
une bouteille, de

RELISH
RELISH
RELISH
RELISH
RELISH
MOUTARDE
MOUTARDE
MOUTARDE
KETCHUP
KETCHUP
KETCHUP
KETCHUP
KETCHUP
KETCHUP
KETCHUP
KETCHUP
KETCHUP
KETCHUP

mauvais souvenirs
refont surface.
Dans un élan
de colère, Jay
renverse une première
bouteille. Comme
des dominos,
toutes les autres
tombent au sol,
les unes après les
autres. Le commis

est fier de son coup. Toutefois, il sait qu'il devra **tout ramasser** avant de quitter le dépanneur. Mais avant, il a bien envie de donner un coup de pied dans le tas de bouteilles qui se dresse devant lui. Au moment où il prend son élan, un autre bruit se fait entendre. Jay réalise que ce bruit…

est en fait une voix.

Une toute petite voix aiguë.

Puis, il en entend une autre.

— Vas-y. Tu en as envie autant que nous. **Allez !**

Donne un bon coup de pied !

— Allez, Jay.
Mets-y le paquet !
Le ketchup, on l'a assez vu ! Le méchant condiment !

— **Hein ?** Qui… qui me parle ?

demande le jeune homme.

— C'est **nous !**

— Vous… Qui ?

— Mais il faut tout lui expliquer à celui-là…, soupire la voix non identifiée. Si tu prenais le temps

de nous dépoussiérer
un peu, tu nous
aurais remarqués
depuis longtemps !

Jay se croit victime
d'une mauvaise
blague. Monsieur
Dubord doit
le surveiller, caché
dans un coin

du dépanneur.
C'est un test. Il veut mettre son employé à l'épreuve. Non, **IMPOSSIBLE.**
Son patron est à l'extérieur de la ville pour deux jours.
Ou alors, il se passe des choses anormales au dépanneur Ducoin.

Jay se rappelle que
le commis avant
lui a démissionné
subitement et il n'est
jamais revenu.
Jay a également
entendu des rumeurs...
Des aliments
qui prendraient
vie la nuit,
au dépanneur...

Alors que le commis réfléchit, assis contre l'étalage de condiments, il reçoit un objet sur la tête. Puis, un autre.

— **OUCH !**

se plaint-il en ramassant les projectiles.

RELISH
RELISH
RELISH
RELIS
MOUTARDE
KETCHUP
KETCHUP
KETCHUP
Dépanneur
DUCOIN
le meilleur
DU COIN
KETCHU
RELISH
KETCHUP

— Voilà ! A-t-on ton **attention** maintenant ?

— Je... **JE RÊVE !** Ça y est, je deviens **fou !** s'exclame le jeune homme en apercevant les pots sur le rayon.

— Si c'est à ça que tu rêves,

c'est un peu **bizarre**,
quand même !

— Mais…

— Tu n'as jamais vu de relish et de moutarde, ou quoi ?

— Oui. Mais, dans mon monde,

elles ne parlent pas !
s'exclame Jay.

— Nous parlons !
Et d'ailleurs, nous avons des choses à te dire…

Jay se frotte les yeux.
Non, il ne rêve pas !

Devant lui se tiennent
deux pots…
de moutarde et
de relish. Vivants
et souriants de toutes
leurs dents. Sans
perdre de temps,
les condiments lui
expliquent à quel
point ils se sentent
oubliés, délaissés.

— Personne ne nous aime dans le quartier. Ils veulent du ketchup, c'est tout. **Rien de plus !** explique la moutarde.

— Nous en avons assez d'être laissés de côté. Regarde, bientôt, on sera périmés ! ajoute la relish, découragée.

— Je… suis désolé, confie Jay. Je ne sais pas comment vous aider…

— Nous avons une idée. C'est pour cette raison que

nous avons décidé de te parler. Au nom du **RCO**.

— Le **RCO** ?

— Oui ! Le **R**EGROUPEMENT DES **C**ONDIMENTS **O**UBLIÉS ! Il me semble que

RELISH
MOUTARDE

c’est évident !
s’exclame la relish.

Les pots dévoilent
le plan auquel ils ont
pensé. Tous
les membres du
**REGROUPEMENT
DES CONDIMENTS
OUBLIÉS** ont voté
à l’unanimité :
le ketchup, ils allaient

TOUT FAIRE

pour s'en débarrasser...

— Nous avons remarqué que **tu n'aimes pas** le ketchup, explique la moutarde.

— Comment est-ce possible ? demande Jay.

— Ta façon de
le regarder, tes haut-
le-cœur quand
tu dois y toucher
ou lui parler.

— Lui parler ?
s’étonne Jay.
Vous exagérez
un peu...

— Tu veux qu’on
te montre les images

des caméras
de sécurité, peut-être ?

Les caméras de
sécurité… Jay feint
l'étonnement,
mais il sait très bien
de quoi les membres
du **RCO** font allusion.
Il se revoit en train
de parler aux
bouteilles de ketchup,

alors qu'il devait
les étiqueter.
C'est plus fort que lui.
Il a décidément des
comptes à régler avec
le condiment le plus
populaire du monde
entier...

Top 3 des insultes
que Jay a prononcées:

1- Espèce de condiment dégoûtant!

2- Tu ne vaux pas mieux que ma moppe, sale ketchup!

3- Satanée pâte de tomates trop sucrée!

Le jeune homme pourrait tout

simplement ignorer le ketchup. Passer à côté sans même le regarder. Mais il n’en est pas capable. Sa haine est **trop forte.**

— Alors, accepterais-tu de nous aider ? Si on réussit,

le **ketchup**
sera anéanti !
Hé ! Hé ! Hé !
se réjouit la moutarde.

— Et tu n'auras plus jamais à en voir de toute ta vie ! ajoute la relish. On t'a forcé à en manger : maintenant,

RELISH
MOUTARDE
MOUTARDE
KETCHUP
Dépanneur
DUCOIN

c’est le moment de te venger ! Dis oui…

— C’est vrai que la moutarde me monte au nez…, convient le jeune homme.

— Hein ? Je… quoi ? s’étonne la moutarde.

— C'est une expression qui veut dire que je suis en **colère**, explique-t-il.

Les condiments le supplient. Jay a envie d'accepter, mais leur plan n'est pas parfait. La moutarde propose d'abîmer les bouteilles afin que personne ne veuille les acheter. Malheureusement, ça ne sera pas suffisant. Les gens voudront quand même en consommer. Il doit améliorer le plan de la moutarde et de la relish. La destruction de l'horrible pâte rouge doit être **INFAILLIBLE**.

Il faut faire mieux que simplement abîmer les bouteilles, affirme Jay. En fait, il faut tout faire pour que les gens ne veuillent plus en manger…

— D’accord. À quoi penses-tu ? demande la moutarde.

— Quelque chose qui va leur couper toute envie de ketchup... pour **L’ÉTERNITÉ !** déclare le jeune homme.

— Super idée ! Floue, mais intéressante.

— Laissez-moi faire des recherches. Je vous reviens avec les détails, propose-t-il. En attendant…

— Quoi ?

— PFFFFF ! Comme ça, les gens voudront peut-être de vous, dit Jay après avoir soufflé

la poussière accumulée
sur les pots de
condiments délaissés.

Il n’en faut pas plus
pour que le jeune
homme se mette
à la recherche
d’une solution.
En quelques clics,
il tombe sur un site
Internet qui retient
son attention…

Chapitre 5

Une solution qui donne des boutons

Au premier coup d'œil, Jay est enchanté. Il sait qu'il a trouvé **LA solution** parfaite pour anéantir le ketchup. Solution **BOUTONS** est une entreprise qui se spécialise dans la fabrication

Solution
BOUTONS

d'une potion destinée...
à donner des boutons.
Rien de dangereux,
mais utile pour aider
les gens qui souhaitent
l'utiliser.

Hé, toi, as-tu besoin
d'avoir des boutons
ou d'en donner?
Nous avons
LA SOLUTION parfaite
POUR TOI.

Nos gouttes magiques n'ont pas d'odeur ni de couleur. Elles passent INCOGNITO dans le liquide ou l'aliment dans lequel elles sont mélangées.

Solution BOUTONS peut t'aider à:

* Simuler une maladie pour manquer l'école ou le travail

* Donner des boutons à quelqu'un (ta sœur, ton pire ennemi, etc.)

* Attirer l'attention sur toi ou quelqu'un

* Donner des boutons pour mettre à exécution un plan infaillible (comme faire disparaître le ketchup, pourquoi pas?)

Tout ce que
tu as à faire, c'est
de mélanger quelques
gouttes de notre
incroyable potion
avec des aliments
ou des liquides afin
qu'elle fasse son effet!
Ça t'intéresse?
Compose sans
tarder le
1-800-BoutonsPartout
pour commander

notre SUPER produit. Il sera à toi, en plusieurs versements, pour aussi peu que vraiment très très cher. Quelle offre incroyable!

Non?

Jay n'en croit pas ses yeux.

Solution BOUTONS offre le produit **parfait** pour atteindre son objectif! Il saisit le téléphone, pressé de le commander. À la deuxième sonnerie, un préposé répond.

— Solution BOUTONS, bonjour ? dit une voix

masculine. Sam Pick à l'appareil. Que puis-je faire pour vous ?

— Bonjour ! J'appelle pour passer une commande. Je suis intéressé par vos gouttes magiques…, explique Jay.

— Bien sûr.
Un instant...
Scrishh, scrish...
Je vous reviens…
Scrishh, scrishhhh...
Arghhh..., se plaint
l'homme à l'autre
bout du fil.

— Vous allez bien ?
Je peux rappeler,

Dépanneur
DuCoin
le meilleur
Du Coin

si c'est un mauvais moment…

— Non. Je suis désolé. Ça me pique.

— Je connais votre nom. Vous me l'avez dit en répondant.

— Non. Ça me pique **vraiment**... Essayer

les gouttes fait partie de mon travail, affirme Sam Pick.

— Ils vous donnent un remède ensuite, j'espère..., s'inquiète Jay.

Sam Pick explique alors que le remède varie en fonction du client. Il est possible de choisir quel sera l'antidote selon le but recherché. Afin que Jay puisse bien comprendre, il lui présente quelques exemples.

Problème :

L'enfant qui ne range pas sa chambre.

Plan d'action :

Quelques gouttes dans son jus préféré.

Antidote :

Une fois la chambre bien rangée, les boutons disparaissent.

Magie !

Problème :

La personne qui ne mange pas de légumes.

Plan d'action :

Quelques gouttes dans sa boisson favorite.

Antidote :

Dès que des légumes sont avalés, les boutons disparaissent.

Magie !

— Je ne comprends pas… Comment est-ce possible ?

— Il n'y a **rien** à comprendre. C'est de la magie. **Scrish, scrish... AÏE, ÇA PIQUE...**

— Et quel est l'antidote, dans votre situation ?

— Je dois vous vendre des gouttes

pour que les boutons disparaissent.
C'est l'idée de mes patrons.
Voulez-vous m'aider ?
Ça me pique vraiment...,
se plaint Sam Pick.

— **D'accord !**
Parce que j'ai vraiment besoin de cette potion.

Solution
BOUTONS
Solution
BOUTONS
olution
UTONS
SCRISHH
SCRISHH
Solution
BOUTONS
Solution
BOUTONS
Solution
BOUTONS

Il y a deux pots qui comptent sur moi.

— Deux potes comme... deux amis ?

— Non, deux **POTS**. Comme les contenants.

— Ah, je vois… Êtes-vous **certain** que ça va ?

— À merveille ! Encore mieux quand le ketchup sera chose du passé, ajoute Jay Rienfait, en se craquant les doigts.

Sam Pick lui propose de choisir l'antidote. Que souhaite-t-il vraiment en donnant des boutons aux amateurs de ketchup ? Jay pense tout de suite aux membres du **RCO** qui se plaignent d'être oubliés. Il faudrait que les gens veuillent manger d'autres condiments…

— Pour faire disparaître les boutons, il suffira de consommer des condiments différents ! C'est possible ?

— Tout est possible ! J'aimerais rappeler qu'on parle de magie, ici, insiste Sam.

Il me faut alors une liste de tous les condiments concernés.

— Pour ça, je vais devoir rappeler. Je n'ai aucune idée de l'identité des autres membres du **RCO**. À part la relish et la moutarde…

— Alors, je commencerai à préparer la potion et j'ajusterai la recette en fonction des nouvelles informations, ajoute Sam Pick.

Jay Rienfait raccroche, satisfait. Il est **si près du but !** Il n'a maintenant qu'à retourner voir

RCO
Regroupement des Condiments Oubliés
MOUTARDE
RELISH

les membres
du **RCO** et
le tour sera joué…

Chapitre 6

Réunion au sommet

La nuit suivante, Jay se rend directement devant l'étalage des condiments. Il reste là, sans bouger, à attendre que les pots lui donnent un signe de vie. Mais… **rien !** Les pots et les bouteilles ont un air ordinaire.

De simples contenants de plastique, sans plus. Il soupire et s'apprête à s'éloigner, quand il entend une voix.

— Psssst !

— Ah ! Est-ce que c'est toi, la moutarde ?

— Non. Moi, je suis avec les cocos, lui répond une voix féminine. Juste ici…

— Ça y est ! Moi qui croyais avoir tout vu…, se décourage Jay en approchant des produits réfrigérés.

Le jeune homme
essaie de localiser
la chose qui lui a
adressé la parole.
Il ouvre chaque
douzaine d'œufs,
même s'il a de la
difficulté à croire
qu'un œuf puisse
lui faire la conversation.

« Mon vieux,
tu rêves !
Des œufs qui parlent,
franchement ! »
se dit-il à voix
haute en ouvrant
la dernière douzaine.

— Des œufs que
tu devrais prendre
au sérieux, le prévient

un œuf plutôt féminin. Moi, c'est Cocoralie. Enchantée, lui dit-elle en lui tendant la main.

— WOW... Tu... es...

— Mignonne ? Je sais.

— Non. Tu es… tu as…

— Des cheveux **flamboyants** ? Je sais. Le jaune d'œuf est très à la mode ces temps-ci !

— Non. Tu es… craquée, répond Jay en pointant

une petite fissure
sur la coquille
de Cocoralie.

— **Ah, ça !**
Ce n'est rien.
Même les meilleurs
finissent par craquer.
La jolie fille que
je suis finira
en omelette.
C'est la vie.

Si seulement je pouvais connaître l'amour avant…, soupire l'œuf.

Jay Rienfait rappelle l'œuf à l'ordre : il doit trouver les membres du **RCO.** C'est très important, s'ils veulent mettre leur plan de l'avant.

— Alors, tu voulais me parler, je crois ? lui demande-t-il.

— En effet. J'ai une information de la plus haute importance à te donner, affirme l'œuf. Je sais où sont les condiments.

Enfin, ceux que
tu cherches.
Les condiments
vivants.

— **Ah oui ?**

— Ils sont
en réunion.

— **En réunion ?**
Où, donc ?

— Tout au fond
du dépanneur. Sur
les sacs d'oignons.

Jay se souvient avoir
laissé les sacs d'oignons
en plan, après son
quart de travail,
hier soir. Il devait
les placer dans
l'étalage des légumes
au courant de

la soirée. Il remercie Cocoralie et se précipite vers l'arrière. Le **RCO** est là. Ils sont plus nombreux, cette fois. Il s'approche et est vite repéré par un condiment qu'il n'a jamais vu.

— Qui va là ? Hé, toi ! lui crie

une bouteille en furie.
ARRÊTEZ TOUT !
Il y a quelqu'un
qui ne se mêle pas
de ses oignons…

— Pas de panique,
Monique !
C'est seulement
le commis, explique
la moutarde.

MAYO

C’est grâce à lui
si nous pouvons
nous **débarrasser
du ketchup !**

Salut, Jay !

— Euh… Salut ! Qui sont tous ces… gens, euh… ces condiments ?

— Tous des membres de notre regroupement,

lui répond la relish. Approche, on va te les présenter.

Au bout de quelques minutes, les présentations sont faites. Le **RCO** compte plusieurs membres, en majorité des pots de moutarde et de relish. Quelques autres condiments se trouvent toutefois à la réunion. Comme la mayonnaise et les oignons. Ces derniers prétendent que les gens les **ignorent**, car ils donnent mauvaise haleine.

— Tu as fait tes recherches, Jay ? demande la moutarde, intéressée.

— Oui. J'ai trouvé **la solution**. Mais je devais d'abord préciser qui fait partie du **RCO**.

Maintenant que je vous ai tous rencontrés, j'ai l'information qu'il me manquait…

— Et cette solution ? Peut-on savoir

c'est quoi ?

interroge la relish.

— Je vais ajouter quelques gouttes d'une potion magique dans les bouteilles de KETCHUP. Ceux qui en mangeront se retrouveront couverts de boutons !

— Et nous, là-dedans ? Ça changera quoi ?

Nous resterons oubliés…

— Non, justement. Vous serez l'antidote ! Le remède pour faire disparaître les boutons !

— Alors, les gens devront nous manger pour guérir.

C'est bien ce que tu veux dire ?

— **Exact.** Vous deviendrez leurs garnitures préférées ! annonce Jay.

Le commis est applaudi et félicité pour son idée.

Puis, ensemble, ils réfléchissent aux détails du plan. Jay sera chargé d'insérer les gouttes dans **chaque bouteille de KETCHUP**. Il utilisera une seringue miniature qui ne laissera aucune trace. La moutarde

KETCHUP
Solution
BOUTONS
KETCHUP
Du coin

et la relish seront responsables de détourner l'attention en découpant les K sur toutes les bouteilles vendues au dépanneur Ducoin. Pendant ce temps, Jay ira distribuer des bouteilles de KETCHUP

modifié afin de propager
les **BOUTONS**
dans la population.

— Comment feras-tu ?
lui demande
la moutarde.
Ton patron ne te
laissera jamais quitter
le dépanneur avec
de la marchandise
impayée.

— J'ai ma petite idée…, répond Jay, qui sait exactement comment procéder.

Le lendemain, le commis appelle son patron. Il a une proposition à lui faire. Une offre qu'il ne pourra pas refuser.

— Monsieur Dubord, c'est Jay. Je dois vous parler. J'ai trouvé une excellente façon de faire de la publicité pour votre commerce.

— **Ah oui ?** Je suis tout ouïe, annonce l'homme, enthousiaste.

— Vous pourriez être le fournisseur officiel de KETCHUP pour le **Gobewineur**, le fameux concours de mangeurs de hot-dogs ! C'est dans quelques jours...

— Tu crois que ça pourrait aider et

amener plus de clients dans le quartier ? Tu connais mieux que moi cette compétition !

— Bien sûr ! En plus, les médias seront là et parleront en bien du dépanneur Ducoin.

Monsieur Dubord
accepte rapidement
l'offre de son employé.
Il fournira le seul
condiment utilisé
par les concurrents
de l'événement.
Il est **heureux**
de voir que
son commis souhaite
lui faire de la publicité.

Bientôt, le dépanneur Ducoin sera l'endroit le plus achalandé du quartier…

Chapitre 7

Un indice fort utile

De retour à l'enquête...

Les bouteilles ne présentent aucun défaut, si ce n'est la lettre manquante sur leur étiquette. Le détective et son associé ne décèlent **aucune** empreinte sur les lieux.

Même pas la moindre
petite trace de pas !
C'est comme si les K
s'étaient enlevés
par magie et avaient
littéralement disparu.
Quant au contenu
des bouteilles, tout
semble normal.
Le ketchup est rouge,
ni trop liquide,
ni trop épais.

— Il faudrait le goûter, non ? On ne sait **jamais**..., suggère Phil.

— Tu as raison. Mais je te connais : tu risques de t'en mettre partout. Je vais m'en charger, annonce Latranche en prenant une des bouteilles.

ETCHU
ETCHUP
ETCHU
ETCHUP
ETCHUP
ETCHU

— Toujours les mêmes qui ont de la chance…, rouspète l'associé, jaloux.

Alors que Bacon Latranche s'apprête à goûter au condiment, une sonnerie retentit. Le détective se met alors à se tortiller de tous bords tous côtés.

Il porte sa main à sa montre intelligente en rigolant.

— Tout va bien, détective Latranche ?

— Oui ! C'est seulement ma Pickle Watch qui vibre. Je reçois un appel urgent. Plus ça vibre,

plus c'est urgent…
Plus c'est urgent, plus ça vibre… Et plus ça chatouille ! **Haha** !
Le test de goût devra attendre un peu…
Oui, bonjour, Bacon Latranche, détective grillé ?

Latranche discute quelques instants,

puis éteint en
catastrophe.
Quelque chose
ne tourne pas rond.
Son interlocuteur
était l'organisateur
du **Gobewineur**.
Il a raconté que
les mangeurs de
hot-dogs sont
maintenant recouverts

de boutons. Il semble que le ketchup en soit responsable. Le concours a donc été annulé **sur-le-champ**.

— Heureusement que ma montre a vibré. J'allais y goûter…, dit-il, soulagé. Il ne faut surtout pas manger du ketch… Phil, ça va ? Tu as l'air **bizarre**…

— Euh... Non, non ! Ça va... **Scrish, scrish**...

— Aurais-tu avalé du ketchup, par hasard ?

— Moi ? Euh... Non... **Pourquoi ?**

Le pauvre Lafilière est, lui aussi, recouvert de boutons. Aux prises avec des démangeaisons, il se **gratte frénétiquement**. Malgré l'évidence, il nie avoir pris du **KETCHUP**.

RELISH
RELISH
RELISH
RELISH
RELISH
MOUTARDE
MOUTARDE
SCRISHH
SCRISHH
SCRISHH

— Phil, je te connais très bien. Il faut dire aussi que tu en as encore près de la bouche..., constate Latranche.

— **AÏE !**
Ça pique !
se plaint Phil. Qu'est-ce que c'est que ça ?

— Je ne sais pas
ce qui se passe,
mais le ketchup
en est responsable.
Nous allons faire
la lumière sur cette
étrange affaire.
Mais d'abord, nettoie
cette bouche…

— Avec quoi ? Je n'ai
rien pour l'essuyer.

— Tiens, avec ceci, dit Bacon en lui tendant la première chose qu'il voit.

Un bout de papier placé entre deux bouteilles de ketchup...

Phil se nettoie la bouche, puis arrête subitement. Il examine le papier de plus près.

Il y voit des écritures
et essaie de les
déchiffrer entre
les traces de ketchup.
C'est une lettre
laissée par
les criminels !

> Nous avons les K.
> Vous ne les retrouverez
> pas. Pas la peine d'essayer.
>
> Signé le RCO.

— Je rêve ou c'est une pièce à conviction ? s'exclame Phil.

— C'est ce qu'on appelle un indice utile ! Et puis, tu as quand même réussi à lire le message, non ? Le **RCO ?**

Tu connais, toi ?
demande Bacon
à son associé.
Toi qui sais **tout**...

— Euh… C'est
qu'il y a plusieurs
possibilités…

Le Regroupement
des Castors
Originaux

(ils ne font pas
de barrages, mais
de jolies maisons
miniatures)

Le Regroupement
des Concombres
Orange
(une nouvelle
variété de concombres
qui veulent remplacer

les citrouilles
à l'Halloween)

Le Regroupement
des Céleris Organistes
(les premiers
légumes à savoir
jouer de l'orgue)

Le Régime Chou
et Olives (nouvelle
diète à la mode
à Hollywood)

— Hmmm…
Je crois que ce n'est pas exactement le même **RCO**, suggère le détective.

— Ah ! Il y a aussi le **Regroupement des Condiments Oubliés**.

— Les condiments oubliés ? répète Latranche.

— Oui, bien sûr. J'en ai entendu parler, mais je n'en sais pas plus à leur sujet, avoue Phil Lafilière. Il paraît qu'ils se sentent délaissés.

— Pourquoi ?

— Parce que la plupart des gens préfèrent mettre du...

— **KETCHUP !** s'exclament les deux associés en chœur.

Les détectives pensent à la même chose.

Il y a **forcément**
un lien entre
le **sabotage**
des étiquettes
et les **BOUTONS !**
La personne responsable
a **forcément**
eu accès au dépanneur
et à l'endroit où se tenait
le **Gobewineur**...

Seuls monsieur et madame Dubord pourront les aider à y voir plus clair. Latranche et Lafilière vont aussitôt rejoindre le couple dans l'arrière-boutique.

— Qui, à part vous, a accès au dépanneur

durant la nuit ? demande Bacon Latranche.

— Seulement **une** personne : notre commis, répond monsieur Dubord.

— Que fait-il comme travail, exactement ?

— Il s'occupe de recevoir les livraisons et de placer les produits sur les étalages.

— Je vois. Il doit venir aujourd'hui ?

— Oui, vers midi. Il assiste à un événement **IMPORTANT**.

Dépanneur
DuCoin
le meilleur
Du Coin
Dépanneur
DuCoin
le meilleur
Du Coin

Bacon jette un œil
à sa montre.
Il est 11 h 45.
D'ici quinze minutes,
Lafilière et lui pourront
interroger l'employé.
En attendant,
le détective espère
pouvoir regarder
les images filmées
par les caméras

de sécurité. Si elles étaient allumées, évidemment...

Chapitre 8

Quand l'affaire est ketchup, moutarde ou relish...

Quelques minutes plus tard, monsieur Dubord annonce que les caméras de sécurité étaient allumées la nuit précédente. Malheureusement, il est **IMPOSSIBLE** de voir quoi que ce soit. Quelqu'un ou quelque chose a brouillé les lentilles des appareils fixés à deux endroits opposés du dépanneur.

— Comment ça, brouillé ? demande Latranche.

— Aucune idée, répond l'homme.

Mais, on dirait…
une pâte jaune.
Sur l'autre, c'est
plutôt verdâtre.

— Comme de
la moutarde et
de la relish ?
suggère Lafilière.
Les deux porte-
parole du **RCO**,

précise-t-il
en regardant
son collègue.

— **Oui !** C'est ça.
Je crois que notre
employé a mangé
des hot-dogs
avant d'ajuster
les caméras…,
explique l'homme.

— Pourquoi des hot-dogs ? le questionne Lafilière.

— Parce qu'il a grandi entouré de hot-dogs. Matin, midi et soir, c'est ce que son père lui servait. Il voulait que son fils devienne champion mangeur de hot-dogs. Le pauvre garçon ne connaît **que** ça.

— Croyez-vous qu'il en mange encore après toutes ces années ?

— Pourquoi pas ? En tout cas,

il s’intéresse encore beaucoup au ketchup.

— AU KETCHUP ? sursautent les deux enquêteurs.

— Oui. Il a même suggéré que j’en fournisse pour le grand concours annuel de mangeurs de hot-dogs. Il y est en ce moment même !

LE GOBEWINEUR !

Toutes les pièces du casse-tête se mettent en place… Bacon Latranche est confiant : tout semble indiquer que l'employé

du dépanneur a
quelque chose à
se reprocher.
Cela n’est pas
surprenant.
LE COUPABLE
est **souvent**
dans l’entourage
immédiat des victimes
d’un crime.

Il ne reste plus qu'à guetter son arrivée.

À midi pile, un jeune homme entre dans le commerce. Monsieur Dubord va à sa rencontre, curieux de connaître comment s'est passé l'événement.

Le commis fait
comme si de rien
n'était. Il ne dit pas
que le concours
a été annulé.
Aucun mot à propos
des mystérieux
boutons. Au contraire :
il raconte que **tout**
s'est bien passé !
Bacon Latranche

s'approche et se présente, pressé de clore le dossier.

— Bonjour ! Je suis Bacon Latranche, détective grillé. Voici mon associé, Phil Lafilière…

— Jay Rienfait. Enchanté.

— Je ne vous accuse de rien, jeune homme.

— Non. Jay Rienfait. C'est mon nom…

— Si vous le dites. Nous aurions quelques questions à vous poser…

— **Allez-y !** Je n'ai rien fait,

alors je n'ai rien
à cacher.

Bacon Latranche
interroge le commis
sans toutefois
mentionner tous
les détails du crime.
Le jeune homme
paraît surpris.
Selon lui, rien ne
semblait anormal

lorsqu'il a quitté le dépanneur la veille. Sauf que Jay ajoute une information qui met la puce à l'oreille au détective.

— Et les autres lettres? demande le commis.

Si quelqu'un voulait causer des problèmes, il les enlèverait toutes, **non ?**

— Peut-être, mais ce n'est pas le cas, répond Latranche.

— Mais oui, c'est le K ! insiste l'employé du dépanneur.

Dépanneur
DuCoin
le meilleur
du coin

C'est la lettre
qui a été découpée !

— J'ai dit : **« Ce n'est pas le cas »**, précise le détective.

— **Détective ?** Puis-je vous parler un moment ? intervient Phil Lafilière en s'éloignant un peu.

Bacon Latranche comprend que son associé veut lui parler discrètement. Ils se placent donc en retrait du jeune garçon.

— Jay Rienfait… a fait quelque chose, suggère Lafilière.

— Mais non... Avec le nom qu'il porte, il est innocent.

C'est évident !

— Détective, voyons ! S'il n'a rien à se reprocher, comment se fait-il qu'il sache que ce sont les K qui ont été enlevés ?

On ne lui a pas dit encore…

— Alimentaire, mon cher Lafilière… Excellente question.

Les deux enquêteurs discutent quelques instants. Quand Latranche s'apprête à questionner de nouveau Jay, un petit bruit attire son attention.

— Pssssiiittttt ! Par ici !

Bacon Latranche s'approche des produits réfrigérés. Il tente de localiser la voix qu'il entend.

Il remarque une boîte d'oeufs ouverte. Dès que le regard du détective se pose sur la douzaine d'œufs, son cœur se met à palpiter. Une splendide cocotte lui fait un clin d'œil. Depuis toujours, Latranche a un faible

pour les œufs.
Ils lui font perdre
tous ses moyens.
Pourquoi est-il là,
que cherche-t-il,
que s'est-il passé ?
Le détective n'en sait
rien. **L'amour**
vient de le frapper
de plein fouet.

— Euh... **Grdosss ftttt srfffww ?** marmonne le détective, incapable de formuler de vrais mots.

— Excusez mon collègue, dit Phil Lafilière qui arrive derrière lui.

Je ne sais pas ce qui lui prend. Vous êtes mademoiselle…

— Cocoralie.
Je voulais lui faire part d'informations qui pourraient faire avancer votre enquête…

— **Ah oui ?** Des informations fiables ? J'ai déjà eu affaire à un œuf qui brouillait les pistes…

— Brouiller, moi ? Vous dites ça parce que je suis un œuf…

— Je rigole. Un instant, je vous prie, lui dit

Lafilière, en entraînant son collègue avec lui.

Phil sait qu'il doit ramener Latranche à la réalité. Puisque le secouer ne sera pas suffisant, Lafilière inflige une minuscule coupure, à l'aide

d'une feuille,
au détective
hypnotisé.

— **Ouch !**

Ça ne va pas la tête ?
Tu me coupes,
maintenant ?
Les coupures infligées
par des feuilles
sont les pires !

— Désolé, Bacon. Je n'avais **pas** le choix. Je sais que vous aimez les œufs. Mais, il faut d'abord résoudre cette enquête...

— C'est vrai. Je m'en charge, se raisonne

Latranche. Bonjour, mademoiselle. Bacon Latranche, détective grillé pour vous servir. Puis-je faire quelque chose pour vous ?

— Je vous ai entendu parler. Cette histoire de ketchup...

Je pense avoir été témoin de quelque chose… Mais ne dites à personne que je vous ai parlé…

— **Ah bon !** Je vous écoute.

TRÈS. TRÈS. Attentivement.

Cocoralie explique aux deux détectives

ce qu'elle a vu.
Elle les assure
qu'elle croyait
d'abord à une simple
mauvaise blague.
Le KETCHUP
n'est pas apprécié.
Cette pâte rouge
et sucrée aurait
apparemment mauvais
caractère et

se vanterait d'être
la plus populaire.
Le **RCO** n'est pas
le seul à détester
le ketchup. C'est
le cas de **tous**
les aliments,
sans exception.
Elle ajoute que
les pommes
de terre, le maïs

et le bœuf haché ne veulent plus côtoyer ce condiment. Même en pâté chinois !

— Quand je les ai entendus dire qu'ils voulaient découper les K sur les bouteilles, j'ai rigolé.

Mais je ne savais pas qu'ils avaient aussi comme plan d'empoisonner des gens…

— **Empoisonner des gens ?** s'étonne Lafilière.

— Oui… J'ai su qu'ils souhaitaient que le ketchup donne des boutons à ceux qui en mangeraient !

— Qui vous l'a dit ? demande Latranche.

— La mayonnaise. Ce plan la mettait mal à l'aise…

— Et savez-vous qui est impliqué ?

— La relish, la moutarde et..., hésite l'œuf.

— JAY RIENFAIT ! s'exclament en chœur les détectives.

— **Merci**, mademoiselle, conclut Latranche. Je vous laisse mon numéro, si jamais vous désirez me parler... Me voir... Ou vous faire griller à mes côtés...

Sans attendre, Bacon Latranche et

son associé retournent voir monsieur Dubord, sa femme et leur employé. Au même moment, la clochette de la porte d'entrée retentit. Un homme passe la porte en coup de vent. Il est essoufflé et énervé.

DING DING
ORGANISATION
45e édition
GOBEWINE

Le détective reconnaît tout de suite la voix : c'est celle de l'organisateur du **Gobewineur**. Il devait venir le rejoindre pour discuter de l'incident. À la vue de l'homme, Jay Rienfait plonge au sol, comme s'il souhaitait se cacher.

— **BACON LATRANCHE ?** Je cherche **BACON LATRANCHE**, crie l'homme.

— Bonjour ! C'est vous qui avez appelé ? répond Latranche.

— Oui... c'est moi... Je suis venu... dès que j'ai pu..., dit-il, en reprenant son souffle. Comment... puis-je vous venir en... aide ?

— Je voulais seulement vous poser une question, affirme le détective.

— Allez-y.

— **Qui** était responsable du KETCHUP, aujourd'hui ?

— C'est... Un certain...

— Jay Rienfait, peut-être ? suggère monsieur Dubord

en désignant
son employé.

— **Mais oui !
C'est bien lui !**

Pris au piège,
Jay Rienfait se relève
et avoue son crime.
Il raconte comment
tout a commencé.
Il parle de son père,

des concours de hot-dogs et de tout ce **KETCHUP** qu'on l'a forcé à manger. Puis, il décrit sa rencontre avec le **Regroupement des Condiments Oubliés**... Le jeune homme a de terribles remords. Il sait

Dépanneur
DuCoin
le meilleur
du coin

qu'il n'aurait jamais dû planifier une revanche contre l'infâme condiment.

Afin de se faire pardonner, Jay offre de distribuer l'antidote du **KETCHUP EMPOISONNÉ**. Évidemment, toute l'opération

a lieu au dépanneur
Dubord. Tous
les concurrents
et les gens du quartier
y sont conviés.
Des hot-dogs,
garnis de moutarde,
relish, mayonnaise et
oignons, sont avalés
en grande quantité.
Comme espéré,

les **BOUTONS**
disparaissent presque
instantanément.
Les gens sont contents
et réalisent enfin
que les hot-dogs sont
meilleurs sans
KETCHUP !
En peu de temps,
le condiment redouté
est oublié.

— Détective Latranche, je désire vous remercier. Votre associé et vous avez fait du bon boulot ! avoue monsieur Dubord.

— C'est nous qui vous remercions d'avoir fait appel à nous, répond-il.

— Quant à moi,
je vous dois des
EXCUSES...,
ajoute madame
Côté-Dubord
en s'approchant.
J'ai douté de
vos capacités
à résoudre l'enquête.
J'en suis désolée.

— Vous savez bien vous faire pardonner, répond Lafilière en dégustant une GIGANTESQUE slush colorée. Trinquons à cette journée ! propose-t-il en levant son verre.

Quelques semaines plus tard...

— **Détective ! Réveillez-vous !** crie Phil Lafilière. **C'EST URGENT !**

— **Hein ?** Me réveiller ?

— Nous avons
une nouvelle mission.
Il s'est passé quelque
chose à l'épicerie
Dacôté...

— Il n'y a pas
d'épicerie à côté d'ici !

— Dacôté, c'est
le nom de l'épicerie...

— Ah oui ? Ah bon ! Que s’est-il passé ?

— Il paraît que les étiquettes de moutarde et de…

— **RELISH ?** sursaute Latranche.

— Oui. Elles ont été découpées.

Il manquerait
les **M** et les **R**...
Il paraît que
le **coupable**
a laissé un message.
Voici ce que
le gérant d'épicerie
m'a envoyé...

TRANCHE
grillé

« J'ai les **M** et
les **R**. Et je suis
Mort de Rire.
N'essayez pas
de les retrouver.
Signé le RKA. »

— Le **RKA** ?
Tu connais ?
demande Latranche
à son associé.

— Il y a deux possibilités, répond Lafilière. Le **Regroupement des Kiwis Allergiques au lactose** ou le **Regroupement des Karatékas Albinos**.

— Humm… Je ne crois pas que ce soit un de ces deux-là, fait remarquer Latranche.

— Sinon… Ah, voilà ! Il doit s'agir du **Regroupement du Ketchup Abandonné**, ajoute

Lafilière en fouillant dans ses documents. **Ah non !** Je rêve ou l'histoire recommence ?

— Pas de souci, le rassure le détective. Un tour à l'épicerie et, en moins de deux, l'affaire sera…

— KETCHUP !

s'écrient en chœur
les deux associés.

FIN

GLOSSAIRE

Achalandé : beaucoup de clients

Ahuri : étonné

Alimentaire : lié à la nourriture

Anéanti : détruit

Antidote : remède

Autorités : policiers

Bidonne : rigole

Bruyamment : en faisant du bruit

Cambriolage : vol

Capter :
enregistrer les images

Commanditer :
fournir des produits
pour un événement

Condiment :
ingrédient servant à ajouter
de la saveur aux aliments

Cruciales :
extrêmement importantes

Délaissés : abandonnés

Démangeaisons :
peau qui gratte

Démissionné :
laissé tomber son emploi

Diète :
régime, façon de manger

Empiffrer :
manger en grande quantité

Engloutir :
avaler rapidement

Expertise :
talent, compétence dans un domaine

Flamboyants : brillants

Frénétiquement :
avec énergie

Furie : colère

Gobés :
avalés rapidement
sans mâcher

Haut-le-cœur :
envie de vomir

Imposteurs :
qui se font passer
pour quelqu'un d'autre

Incognito : sans être vu

Infaillible :
efficace à coup sûr

Infâme : dégoûtant

Lactose :
sucre présent dans le lait
et les produits laitiers

Lard : bacon

Lentilles : verres de caméra

Localiser : trouver

Périmés :
aliments qui ne sont
plus bons

Présentoirs :
meubles servant à déposer
des produits à vendre

Projectiles :
objets lancés avec force

Réfrigérés : gardés au frais

Relève :
remplacement d'une personne dans une action

Résoudre :
trouver la solution

Rumeurs :
information entendue sans pouvoir dire si elle est vraie

Sabotage :
action d'abîmer, de briser volontairement

Silhouettes :
formes de personnes ou de choses

Sur-le-champ :
tout de suite

Tradition :
habitude qui se répète

Unanimité :
tout le monde est d'accord

Mini Big
Suuuper Barbotte
Geneviève Guilbault
Marilou Addison
Chat volant non identifié
Hélène Bernier
Richard Petit
Sauve qui pue
Valérie Fontaine
Pif perd la boule
La folle vie de Bouboule Gomme
Marilou Addison
Kung Fu Tim
Dominique de Loppinot
Bacon Latranche
Détective grillé
Mika
Bébé Tarzoli
Émilie Rivard
Torchon et guenille
King Crotte
Richard Petit
Geneviève Guilbault
Coco Catastrophe
Capitaine Électro
Marilou Addison
Richard Petit
Lady Caca
Geneviève Guilbault
Rallumons les étoiles
Hélène Bernier
Ti-Bône
Le roi de la ferme
Mon Mini Big à moi